SOPA DE LIBROS

© Del texto: Daniel Nesquens, 2004
© De las ilustraciones: Emilio Urberuaga, 2004
© De esta edición: Grupo Anaya, S.A., 2004
Juan Ignacio Luca de Tena, 15. 28027 Madrid
www.anayainfantilyjuvenil.com
e-mail: anayainfantilyjuvenil@anaya.es

1.ª edición, octubre 2004
18.ª impr., julio 2014

Diseño: Manuel Estrada

ISBN: 978-84-667-3987-0
Depósito legal: M-36931-2011

Impreso en España - Printed in Spain

Las normas ortográficas seguidas en este libro son las establecidas por la
Real Academia Española en su edición de la *Ortografía* del año 1999.

Nesquens, Daniel
Días de clase / Daniel Nesquens ; ilustraciones de Emilio
Urberuaga ; — Madrid : Anaya, 2004
112 p. : il. c. ; 20 cm. — (Sopa de Libros ; 98)
ISBN 978-84-667-3987-0
1. Escuelas 2. Narradores de cuentos I. Urberuaga, Emilio il.
087.5:82-3

Días de clase

SOPA DE LIBROS

Daniel Nesquens

Días de clase

Ilustraciones
de Emilio Urberuaga

ANAYA

1
DÍAS DE CLASE

—¿Cuántas veces la señorita Paula nos ha contado el cuento del señor Bombo?

—No lo sé.

—¿Cuántos botones tiene la camisa que lleva puesta Álvaro?

—No lo sé.

—¿Cuántas veces ha sacado Bea mina a su lapicero?

—No lo sé.

—¿Cuántas veces ha venido a clase Damián con su chubasquero azul?

—No lo sé.

—¿Cuántos caramelos de plátano se ha comido Elisa desde que comenzó el curso?

—No lo sé.

—¿Cuántos días faltan para que Gonzalo regrese a clase?

—No lo sé.

—¿Cuántas veces te ha mirado Inés a los ojos?

—No lo sé.

—¿Cuántas veces por minuto sonríe Luisa?

—No lo sé.

—¿Cuántas diabluras ha hecho Marta en clase?

—No lo sé.

—¿Cuántas veces se alisa Noemí su melena rubia?

—No lo sé.

—¿Cuántas veces ha dicho Orlando «voy a dibujar un elefante sin trompa»?

—No lo sé.

—¿Cuántas veces ha bostezado Rodrigo?

—No lo sé.

—¿Cuantos nueves y dieces ha sacado Tomás?

—No lo sé.

—Pues, chica, no sabes nada.

—Ya lo has dicho tú. Sé cuántos cuentos va a tener este libro —me contestó Vanesa.

—¿Cuántos? —pregunté yo.

—¡Ah!, pasa la página y lo verás tú mismo —me dijo ella.

2
LA SEÑORITA PAULA

La señorita Paula es nuestra señorita, nuestra maestra. Tiene una sonrisa dulce, angelical. A la *seño* Paula le encanta la música. Todos los viernes por la tarde escuchamos música clásica. Después, y antes de irnos a casa, nos cuenta un cuento que tiene como protagonista un instrumento musical. El del señor Bombo nos lo ha contado un montón de veces. Me lo sé de memoria, pero no sé contarlo ni la mitad de bien que lo cuenta ella.

Se sitúa delante de la pizarra, consulta su reloj de pulsera, y, mirando al infinito, nos dice que queda el tiempo justo para un cuento. Por ejemplo, el del señor Bombo:

Y una décima de segundo después de que el músico hiciese sonar su bombo con un poderoso *boooong* en re menor, el director de la orquesta bajó su batuta y dio por terminada la sinfonía.

Se giró, miró al público asistente al concierto y agachó repetidas veces su cabeza. El público empezó a aplaudir, incluso un señor de bigote muy fino, como dibujado con rotulador, se levantó de su asiento y aplaudió a rabiar.

El director de orquesta, extendiendo la palma de su mano hacia arriba, reconoció la valía de sus músicos. Y el público les premió con otro gran aplauso.

Plaas, plaaas, plaas.

Lo que antes había sido suave y cálida música que envolvía el corazón, era, en ese momento, un gran murmullo de voces, de toses, de ruidos de tacones de zapatos. El concierto había terminado. La gente abandonaba la sala.

Los cuarenta músicos que formaban la orquesta dejaron con cuidado los instrumentos. Salieron por una puerta que daba directamente a los camerinos. La gran sala se quedó vacía de personas y sonidos, pero no de instrumentos.

Encima de las banquetas se podían ver las flautas, los violines, el oboe, la tuba... Sobre el suelo, el piano. Y el bombo, el último instrumento en sonar, descansaba al lado de los timbales.

—Qué palizas me pega este hombre —se dolió el Bombo, mirando al más pequeño de los timbales—. Cuando menos me lo espero coge la maza y me mete un palo que me deja seco.

—Di que sí —le alentó el timbal más grande—. A nosotros nos pegan, pero con delicadeza. Pero es que a ti..., suena en toda la sala: «BOOONG».

—Qué suerte tienen los violines que los acarician. O las trompetas que sueltan esas notas tan bonitas —se quejó el Bombo.

—¿Qué pasa aquí? —gruñó la batuta del director, poniéndose más tiesa que un ajo.

—El bombo que otra vez se está quejando —dijo el chivato del clarinete.

—Señor Bombo —alzó la voz la batuta—. ¿Le ocurre algo?

—No, nada. Lo de siempre. Que me voy a quedar sin costillas —dijo con pena.

Y una lágrima resbaló por el lateral de su piel de cabra canadiense. Que son las mejores pieles para hacer los bombos de las orquestas.

La señorita Paula cuenta muy bien los cuentos, cambia de voz cada vez que interpreta un personaje. La voz de la batuta es autoritaria, firme; la del señor Bombo es triste, como si no le saliesen las cosas bien.

Cuando la *seño* Paula termina el cuento nos queda el tiempo justo para guardar nuestras cosas en la mochila. Un guirigay de voces, de sillas invade la clase. El primero que sale de clase es Jacinto, con eso de que va a ser atleta, sale corriendo. Después, con ese aire de millonario tan personal, con esos pantalones sin una sola mancha, con esas camisas de rayas verticales: Álvaro.

3
ÁLVARO

Álvaro, como ya he dicho antes, parece de esos personajes de película que se les sale el dinero por las orejas. Tal vez sea verdad.

Todos estamos de acuerdo en que es el más elegante de la clase. Siempre lleva camisa de rayas, nunca jersey. El último botón se lo deja desabrochado. No lleva corbata porque dice que eso es cosa de mayores, pero lleva una bonita insignia de oro que le regaló su abuelo.

El abuelo de Álvaro ha estado por todo el mundo. Es conde, o algo así. Vive en un castillo, en la provincia de Soria. El castillo está lleno de recuerdos de sus innumerables viajes por todo el mundo. Y siempre tiene alguna historia en la punta de la lengua. La última vez que vino a ver a su nieto se presentó en clase. Llamó a la puerta, entró en la jaula, quiero decir en el aula; y, con su voz de domador de circo, dijo:

—Soy el abuelo de Álvaro. Me voy de expedición al Polo Norte. Antes, me gustaría despedirme de mi nieto. Y, por si acaso se me come un oso polar y no lo puedo volver a ver, le contaré (aquí hizo una pausa), os contaré una historia que me contaron hace ya algunos años. Se aclaró la garganta y comenzó:

Aquel elefante se disponía a cruzar el río. Era un río ancho, tal vez profundo, de aguas de color chocolate. No le apetecía lo más mínimo meterse en el agua y cruzarlo. Solo había transcurrido poco más de media hora desde que había comido y se le podía cortar la digestión. Pero no le quedaba otro remedio si quería salvar su vida. Le perseguía un valiente cazador.

Bang.

Una bala le silbó al lado de la oreja derecha. Giró su cabeza: vio la figura del cazador. Apenas trescientos metros les distanciaban. No había que pensárselo dos veces. Estaba a punto de meterse en el río cuando un cocodrilo, que dormía placenteramente, levantó su cabeza, abrió su boca y dijo:

—Yo que tú cruzaría el río por el puente.

El elefante, sorprendido por la voz que venía del suelo, bajó la mirada. El cocodrilo, que había adivinado sus pensamientos, volvió a hablar:

—Si quieres cruzar el río sin mojarte, hazlo por el puente. Pero date prisa, el cazador te está pisando los talones.

—Gracias, cocodrilo. Desconocía que este río tuviera puente —contestó el elefante.

—¡Suerte! —se despidió el cocodrilo, cerrando de nuevo los ojos.

El elefante aceleró el paso y se encaminó hacia el puente.

Era un puente viejo, construido con tablones de madera sujetos con cuerdas sobre robustos puntales. Alguna de las cuerdas se había soltado, y alguno de los tablones parecía agrietado. Daba miedo pasar por aquel armazón.

«Casi hubiese sido mejor cruzar el río nadando», pensó el elefante, que caminaba sobre el puente con mucha cautela.

Bang, bang. Dos balas le pasaron rozando la cabeza.

—¡Ya te tengo, elefante! –exclamó el cazador.

El elefante ladeó su cabeza y comprobó que, efectivamente, su perseguidor le seguía los pasos. Se podía decir que era elefante muerto. El cazador se aproximó unos metros.

—No te muevas —le advirtió—. No dispararé, te cazaré vivo —dijo el hombre, bajando su fusil.

El puente empezó a crujir debido al peso de ambos.

El cazador y el elefante se miraron a los ojos, apenas dos metros les distanciaban. El cazador, un señor mayor con la nariz un poco grande, quería cazar al elefante, y el elefante no quería ser cazado, ni vivo ni muerto.

El cazador se acercó un poco más a su presa. Estaban pisando el mismo tablón. Uno de los nudos de las cuerdas empezó a ceder. Los ojos del cazador estaban clavados en los colmillos de marfil del elefante. Por un momento pensó en el efecto que causaría la cabeza del paquidermo sobre la chimenea de su castillo. El sombrero colgado sobre uno de los colmillos, y sus nietos escuchando con atención sus intrépidas aventuras. En eso estaba cuando el elefante no se lo pensó dos veces, dio un salto y cayó sobre un extremo del tablón que pisaba. Evidentemente, al caer, debido a su peso, el cazador salió despedido, voló. Voló. Pero no diez o doce metros. Volaba sin control; parecía un cohete camino de Marte.

El elefante, inevitablemente, cayó al río. El cocodrilo, perezoso, sorprendido por el ruido, abrió un ojo y vio cómo el

cazador que volaba por el aire, comenzó a ser un punto que se alejaba en el cielo.

El elefante rio entre dientes. Estaba mojado, pero se había salvado. El cazador seguía volando en dirección desconocida. Cruzó una nube con la forma de un gato, otra parecida a un ratón, y otra que asemejaba un queso mordisqueado. Llegado a un punto, comenzó a perder altura. Las líneas negras que observaba el cazador desde el cielo comenzaron a tener aspecto de carretera con vehículos, las manchas verdes parecían ser las copas de los árboles, los cuadraditos rojos eran tejados. El puntito negro, la boca de una chimenea. Pero no cualquier chimenea, aquella era su chimenea, la de su castillo. Qué puntería. Estiró sus brazos y se coló por ella. Ya estaba en casa.

Por suerte, la chimenea no estaba encendida. Se limpió su ropa de cazador, buscó su sillón preferido y se dejó caer. Respiró profundamente y se quedó dormido. Y soñó que estaba delante de unos niños contándoles la historia de un elefante que pretendía escapar de un viejo cazador.

Todos aplaudimos. Nos había gustado la historia.

El abuelo de Álvaro sacó su pipa del bolsillo y se la llevó a la boca. La *seño* Paula le hizo una señal, como diciendo que no estaba permitido fumar en clase.

—No se preocupe, señorita, la pipa está sin tabaco. Pero es que me gusta sentir su tacto.

Alguien detrás de mí preguntó:

—Oiga, señor. Yo pienso que el cazador del cuento es usted. ¿A qué sí?

—¿Cómo te llamas, pequeña? —quiso saber el abuelo de Álvaro.

—Me llamo María Beatriz Castro Gallego, pero todos me llaman Bea.

4
BEATRIZ

A Bea no le gusta escribir con bolígrafo. Ni azul, ni negro, ni rojo. Solo le gusta escribir con lápiz. Tiene una caja metálica llena de lapiceros. Y un sacapuntas. Si sacudes la caja suena como una pandereta. También tiene un cuaderno donde lo apunta todo, incluso las veces que afila sus lapiceros. Dice que lo apunta todo porque, cuando sea mayor, quiere escribir el guión de una película.

Bea vive en la casa más alta de la ciudad. Quince pisos de altura. Jura que no se puede subir en la noria porque tiene vértigo. A mí me parece sorprendente que, estando como está siempre en las nubes, pueda tener miedo a las alturas.

Además, ¿cómo lo puede tener si vive en la casa más alta de la ciudad?

Bea dice que ella no vive en el último piso; que ella, su padre, su madre, su hermano, y un hámster viven en el segundo. Que quien vive en el piso decimoquinto es un vecino despistado que no sabe cuál es su piso.

—¿Un vecino que no sabe cuál es su piso? —le preguntó Álvaro, con cara de asombro.

Bea se llevó los dedos a los labios. Impuso silencio y nos dijo:

—Escuchad.

Mi vecino, que no sabe en qué piso vive, es un señor regordete. Su barriga es evidente. De unos cuarenta y pocos años de edad. Siempre lleva una camisa de cuadros y un botón suelto por el que se le ve la piel blanca, y algún pelo. Su cara es redonda como una naranja, con unas mejillas lustrosas que parece que haya terminado de comerse un enorme plato de sopa todavía caliente. Es amable, es cariñoso y no le cuesta trabajo sonreír.

Cuando te lo encuentras en el ascensor es el primero en saludar y preguntar a qué piso va usted (siempre nos trata de usted), para pulsar el botón correspondiente. Entonces pulsa el número que le dices y otro que tendría que ser el suyo, el del piso en el que vive. Pero no es así, pulsa un botón al azar. Entonces hay que decirle:

—Señor Mariano, que usted no vive en el cuarto piso (si por ejemplo ha pulsado el número cuatro), que usted vive en el decimoquinto.

—Claro. ¡Ay qué tonto! He llevado tal día de trabajo que no sé ni dónde vivo —dice, disculpándose. Y mira al techo.

Mi vecino es soltero, pero vive con un perro. Un pastor alemán con los ojos más chispeantes que he visto en mi vida. El perro es muy listo, y muy inteligente. El animal, a diferencia de su dueño, sabe de sobra que vive en el decimoquinto, en la puerta «B». Todos los días, el perro va al

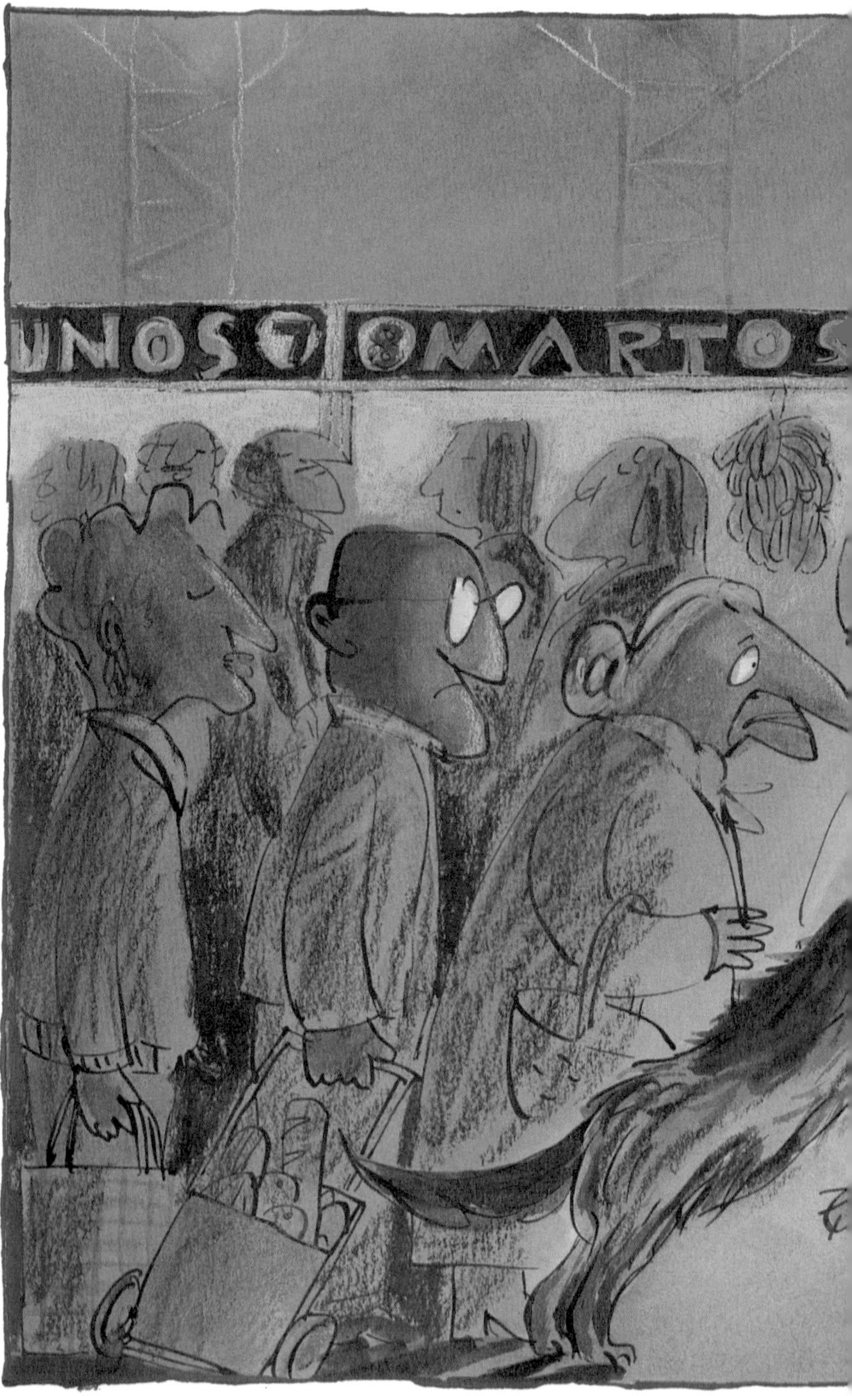
UNOS 7
8 MARTOS

mercado. A comprar. Que si tres chuletas y dos huesos, que si medio kilo de tomates para ensalada, que si un pollo, que si un cuarto de kilo de salmonetes... Y la casa la tiene como un pincel.

Cuando, al mediodía, mi vecino regresa a casa, el perro le tiene preparada la comida, la mesa puesta y una servilleta de tela sobre la banqueta.

Cuando el perro huele que no hay ningún vecino que vaya a subir con su amo en el ascensor, baja corriendo hasta el portal, le saluda con un ladrido y sube con él, en el ascensor. Una vez dentro, el perro se pone a dos patas y pulsa el número quince.

Un día se le quemaron las lentejas de la comida y no pudo oler la llegada de su amo. Mi vecino estuvo subiendo y bajando en el ascensor hasta que, por suerte, aparecí yo.

—Menos mal —me dijo sonriendo—. Llevaba más de media hora subiendo y bajando en el ascensor. ¿A qué piso va, señorita Bea?

—Yo al segundo. Usted al último. Al quince B.

Justo cuando Bea terminó su historia, comenzó a llover. Era una lluvia que golpeaba contra las ventanas. Cada vez más fuerte. Nos olvidamos de la historia de Bea y nos acercamos a los cristales.

—Aquella nube tiene la forma de una caracola —señaló Carmelo, el chico que más pecas tiene de toda la clase. Yo diría que de España.

—Sí, pero esa caracola no se puede oír. Esta sí que la podemos oír: *Ssssst* —dijo el dueño de una caracola de mar, que no es otro que el chico del chubasquero azul: Damián.

5
DAMIÁN

Llevaba razón Damián cuando señaló que su caracola se podía escuchar. Y es que Damián tiene una caracola de mar sobre el pupitre. Y no tiene su caña de pescar porque la *seño* Paula no le deja que si no...

Todos los veranos, en vacaciones, se va a un pueblo del sur. A un pueblo con mar. En septiembre, el primer día de clase, cuando todos nos contamos lo bien que lo hemos pasado en vacaciones, Damián nos cuenta la misma historia:

Como ya sabéis, he pasado las vacaciones junto al mar. En Villaricos. Mi padre compró una casa y todos los veranos los pasamos allí. Desde la ventana de mi habitación se ve el mar, se oye el mar.

La playa de este pueblecito es de piedras pequeñitas. A mí me encanta buscar conchas en la orilla. Pero lo que más me gusta es pasear en un velero que tiene un amigo de mi padre. Cuando navegamos, la playa, las casas, los cerros se quedan atrás. A veces, algún albatros se posa en el mástil.

Una tarde mi padre me llevó a ver un museo marítimo. Un museo que tiene un señor en los bajos de su casa. El museo no es muy grande, pero se puede encontrar de todo: caracolas de mar, brújulas, ruedas de timón, catalejos, cuadernos de bitácora, parches de piratas, sacacorchos para botellas de ron, cachimbas, salvavidas, mandíbulas de tiburones y cientos de botellas de náufragos. Todas con su mensaje dentro.

El propietario del museo vigila atento desde una esquina del local. No le gusta que los visitantes manoseen los objetos expuestos. Y menos, que nadie meta el dedo en las botellas de náufragos.

Mi padre me dijo que, seguramente, los mensajes que estaban dentro de las botellas eran falsos. O sea, que los había metido el dueño del museo. Y así se lo dijo al señor. Muy educadamente.

—Perdone que le diga, pero algo me dice que las botellas con mensaje son un engaño.

El hombre, rojo de ira, lanzó una mirada humeante, me señaló con su dedo índice y me dijo:

—Tú, chavalín: elige la botella que quieras y saca el mensaje de socorro.

Miré a mi padre, con un movimiento de cabeza me dijo que adelante, que hiciese lo que el señor me había dicho. Dudé qué botella coger. Escogí una botella muy rugosa, pesada, sin etiqueta. Agité la botella, metí mi dedo, y no sin dificultad, pude sacar el mensaje de papel. Lo desenrollé.

—¿Lo leo? —pregunté con suavidad al dueño del museo, que acababa de prender su pipa.

—Lee, pequeño —me animó, expulsando el humo con habilidad. En el aire

se dibujo una calavera con dos tibias que la cruzaban.

Y leí:

—Tenis: El estadounidense Andre Agassi es líder de la clasificación de tenistas profesionales, en tanto que el primer español...

—Embustero, farsante, impostor. Largo de aquí, bribón; o te arrojaré a los tiburones —me amenazó con una voz cavernosa.

Me encogí de hombros. Mi padre le miró muy enfadado. De haber llevado una espada en la mano los dos se habrían batido en duelo, pero solo me llevaba a mí.

—Mejor que salgamos de este Museo de Engaño Marítimo —dijo mi padre con voz áspera.

Al pasar por delante del dueño del museo me di cuenta de que tenía una pata de palo. Una pata de palo, igual que los temibles piratas.

—Todos los años nos cuentas la misma historia —le dije yo.

—Sí, es verdad. Pero el año pasado en vez de una pata de palo el propietario del museo llevaba un parche en un ojo. Y hace dos años, un loro, que sabía decir «doblones, doblones...», descansaba sobre su hombro —afirmó la única chica pelirroja de la clase, la única que es capaz de comerse tres mil doscientos caramelos de plátano en una tarde: Elisa.

6
ELISA

A Elisa no solo le encantan los caramelos de plátano, también le encantan los perros. Elisa conoce más de cincuenta razas. Sabe diferenciar perfectamente un pastor alemán de un pastor suizo. Y no digamos un pequinés de un samoyedo. Pero, en contra de lo que se puede suponer, en su casa no tienen ningún perro.

Hace un par de días Elisa se presentó en clase diciendo que su padre había comprado un *perdigacho*.

—¿Qué clase de perro es ese? —le preguntó Damián.

Esto fue lo que contestó Elisa:

Un *perdigacho* no es ningún perro. Ni siquiera tiene cuatro patas. Para el que no lo sepa, un *perdigacho* es un ave gallinácea más conocida con el nombre de perdiz. Pero mi padre es de un pueblo donde a la perdiz la llaman *perdigacho*. La perdiz es del tamaño de una paloma. Tiene la garganta blanca rodeada por un collar de manchas negras; su pecho es gris azulado; y el pico rojo, como las patas.

La perdiz de mi padre vive en una jaula algo destartalada, de alambre. La jaula está colgada de un clavo en una pared de la galería. Y para el que no lo sepa la jaula no canta; la que canta es la perdiz, algo así como: *chaac-chaac-crrr.* (Aquí todos nos reímos al ver cómo Elisa miraba al cielo y, con la mano en forma de bocina, imitaba el canto del ave gallinácea del tamaño de una paloma...).

Mi padre mima mucho a la perdiz. Yo diría que más que a mí.

Le ha puesto una bufanda para protegerla del frío. Y todos los días le da de comer y de beber. Yo no entiendo por qué no nos la comemos con arroz. Un domingo, y de postre natillas con una galleta *María* flotando como una isla.

Se lo dije a papá. Me miró como se mira cuando estás enfadado.

—Tienes que comprender que es como una mirada a mi infancia —me contestó mi padre con ojos de poeta.

—No lo entiendo —le dije.

—Yo, cuando tenía tu edad, no jugaba con mecanos, ni con cochecitos teledirigidos, ni con robots, ni con naves espaciales, ni con ordenadores..., como jugáis ahora los pequeños. Jugaba con pelotas de trapo, jugaba a subirme a los árboles para buscar nidos, jugaba con una perdiz que yo mismo crié.

Ya lo estaba empezando a comprender.

—Es como si tuviésemos un husky siberiano y yo fuese la encargada de darle la comida y sacarlo de paseo, ¿es así?

Mi padre asintió con la cabeza.

—Pero yo no tengo ningún perrito.

—Sin embargo, tienes un *perdigacho*.

Y entonces lo comprendí mucho mejor.

A partir de las palabras de mi padre ya no tuve pelusa de la perdiz.

Yo misma lleno con granos de trigo su comedero; también cuido de que siempre tenga agua. En una cartulina blanca le he pintado un terreno labrado con sus amapolas, sus hierbas, sus piedras, sus moscas para que se piense que está en el campo. Y cuando llego de clase le doy medio caramelo de plátano que le tengo guardado.

Elisa nos enseñó el medio caramelo que guardaba en su bolsillo. Era como si lo hubiese partido justo por la mitad. Una mitad para ella, la otra para el ave gallinácea del tamaño...

—Ahora estoy ahorrando para comprarle una jaula más grande.

—Si quieres, hacemos una colecta entre toda la clase —dijo Fabián, que es el chico más amable de todo el mundo. Siempre está preparado para ayudar a los demás.

—Puede ser una buena idea. Yo pongo tres euros —señaló Álvaro.

—Mejor que una jaula, le compramos un castillo —dijo alguien.

—¿Un castillo? —preguntamos todos a la vez.

Y es que no solo nos extrañó la sugerencia. A toda la clase nos sorprendió quién lo había hecho. Había hablado el más tímido de todos. Mejor dicho la más tímida, la más vergonzosa: Inés.

7
INÉS

Inés es de esas personas que nunca sa-bes que están a tu lado. Parece invisible.
Es callada, reservada, silenciosa. Tímida.
Por eso nos llamó la atención que habla-
se, que se subiera encima de la silla para
contarnos una historia que había pasado
en el pueblo de su madre. Una historia
que también era de animales. De tres animales. Eso sí, contó toda su historieta
mirando fijamente al suelo. Se pasó la
punta de la lengua por el labio superior y
empezó:

Al padre de Honorato le gustaban mucho los animales, y la caza. Y aunque pa-
rezca algo extraño que le guste la caza y

los animales, tiene su explicación. Escuchar atentos. Lo vais a comprender.

Una semana antes de que comenzase la temporada de caza, el padre de Honorato sacó su escopeta del armario, la puso sobre la mesa y le dio aceite como si la escopeta tuviese que ir a la playa. La escopeta era de su padre. Y su padre la heredó de su padre. O sea que la escopeta la compró el bisabuelo de Honorato. Un viernes.

El perro que tenían no lo heredaron, lo encontraron un día de mucho frío. Estaba hecho un ovillo. Le pusieron de nombre Sol. El perro entró en calor y ladró. Sol era un perro cazador muy bueno y muy listo, pero sufría un problema: se mareaba en los viajes. Así que el padre de Honorato le tenía que dar una pastilla para el mareo. A Sol no le gustaba el sabor de la aspirina, por eso la pastilla iba siempre acompañada de una porción de chocolate. El perro se ponía muy contento y movía el rabo.

Sol no era el único animal que había en aquella casa. También vivían conejos, un periquito y un cochino. Los conejos y el periquito estaban en jaulas, pero el cochino no. Tampoco estaba encerrado, estaba suelto. Y era un gran amigo de Sol. Juntos paseaban por las calles del pueblo. La gente les saludaba. Algún vecino les invitaba a merendar. El cochino no se llamaba Plutón, se llama Urano.

Una semana antes de que comenzase la nueva temporada de caza, el padre sacó la escopeta y se dispuso a limpiarla. Toda la tarde.

Honorato preguntó a su padre si le permitía ir con él, de cacería. Le dijo que sí, pero que se tendría que levantar muy temprano. Había que madrugar.

A las seis de la mañana el padre conducía, Honorato miraba por la ventanilla y Sol dormía sobre el asiento trasero. El coche dejó la carretera asfaltada y comenzó a dar botes. Los botes del coche despertaron a Sol. Después de quince minutos con aquel traqueteo, el padre de Honorato detuvo el coche. Ya habían llegado.

Olía a tomillo, a romero.

Todo estaba dispuesto. Sol correteaba de un sitio para otro. El padre de Honorato sacó la escopeta de su funda y Honorato miraba cómo amanecía. Qué bonito.

Ya he dicho antes que no es extraño que al padre de Honorato le gustasen los animales y, a la vez, ¿el deporte? de la caza. Me explico: Cuando Sol encogía una pata, el padre encaraba su escopeta, apuntaba y disparaba. Pero como no lleva cartuchos exclamaba: *puuum*. Y si Sol levantaba las orejas y echaba a correr significaba que, de estar cargada la escopeta, de haber un cartucho dentro, habrían herido mortalmente a la presa.

Aquel día de caza, el padre de Honorato no exclamó en ningún momento *puuum*. Solo dijo:

—¡Detrás del arbusto! ¡Cógela!

Se trataba de una tórtola con el ala herida. Sol salió corriendo, Honorato también. Las matas de romero le arañaban las pantorrillas. La tórtola se cansó antes que Honorato. Así que la alcanzó. Con mucho cuidado, la cogió. Efectivamente:

tenía el ala herida. Tal vez algún cazador de los de verdad la había herido.

Una vez en casa, el padre de Honorato le curó la herida, y metió a la tórtola en una jaula vacía. Estuvo cuatro días recuperándose de sus heridas. Sol y Urano no se apartaron un solo momento de su lado. Sol ladraba, Urano hociqueaba y la tórtola miraba llena de gozo. Al cuarto día la tórtola gorjeó, Sol ladró y Urano gruñó contento.

Fue el propio Honorato quien sacó a la tórtola de la jaula. La soltó. Y en contra de lo que os podéis imaginar, la tórtola ni echó a volar ni a correr. Se quedó quieta, luego dio cuatro saltitos y se acercó a Sol. Sol bajó su cabeza y le aplicó un lametón. Después se acercó a Urano; la tórtola agitó sus alas ya curadas, y se posó encima de él. Y los tres salieron a dar un paseo por las calles del pueblo. Ya no eran dos, ahora eran tres: Sol, Urano y Torta. Fue así como Honorato bautizó a la nueva amiga.

—Honorato, vaya un nombre más raro —dijo Wenceslao.

—Como si el tuyo fuese un nombre común —le contestó Inés, algo enfadada—. Además, lo importante no es el nombre del muchacho sino el argumento, la historia —fue entonces cuando bajó de la silla. Y miró a Wenceslao, a los ojos.

—No, si la historia me ha gustado —dijo Wenceslao—. Pero llamar al protagonista Honorato, pudiéndolo llamar Gonzalo.

Fue entonces cuando todos nos acordamos de Gonza. De Gonzalo Pawlinski Serrano. Y es que su padre es de Ucrania. Su padre vino a nuestro país a buscar trabajo, y encontró a Angelita Serrano. Se casaron y tuvieron a Gonza. Gonzalo siempre estaba silbando. Digo estaba porque ahora no está en clase, está en su casa recuperándose de una operación que le tuvieron que practicar. No sé de qué. Pero por lo que nos dice la señorita Paula ya está bien, que pronto estará con nosotros. Silbando.

Todos nos pusimos un poco serios. Fue un largo silencio. Menos mal que lo interrumpió doña Alegría. También conocida como doña Chispa. Lo que no se le ocurra a ella no se le ocurre a nadie. Recuerdo que un día llegó a clase diciendo que había oído en la radio del coche de su padre que se había escapado un elefante de un circo y que, después de buscarlo por toda la ciudad, lo habían encontrado en un cine viendo Dumbo. Así que cuando doña Chispa nos dijo que los números hablaban nadie se extrañó.

—A ver lo que se inventa doña Chispa —dijo Carmelo, el pecoso.

Ah, se me olvidaba, doña Alegría, o doña Chispa, no es otra que Luisa.

8
LUISA

Doña Chispa es muy simpática. Y cae bien a todo el mundo. Doña Chispa hizo un gesto a Carmelo y se llevó el dedo a la boca, pidiéndonos silencio. Rogándonos atención porque quería contarnos una historia que, según mi parecer, se inventó sobre la marcha.

El número nueve era un número muy alegre. Digo era porque ya no lo es. Por lo menos tanto como antes. Ahora no le queda más remedio que estar en sumas, multiplicaciones, raíces cuadradas y en complejas y aburridas operaciones matemáticas.
Antes, de esto hace más de cuatro mil años, o más, el número nueve se levantaba

de la cama, se estiraba, se lavaba la cara, se cepillaba los dientes, se peinaba y salía a la calle al encuentro de los amigos. Su mejor amigo era el cinco. Juntos se pasaban las mañanas paseando y las tardes sentados, bajo la sombra de un roble, hablando de sus cosas. De las cosas que hablan los números.

Había tardes que el número siete se acercaba por allí y los tres amigos jugaban una partida de dominó, o de parchís. Al número nueve le sabía muy mal que alguno de sus amigos sacara un seis. El número nueve no se llevaba nada bien con ese número. Cuando se cansaban de jugar o de comentar lo cara que estaba la vida se ponían a contar cosas que estuvieran al alcance de su vista. El que más cosas contaba era el nueve. Nueve pájaros, nueve gatos, nueve hojas de árbol. El siete siempre se quedaba segundo. Siete chimeneas, siete ventanas, siete niños. Y el cinco siempre el último. Cinco ratones, cinco migas de pan, cinco gotas de agua. Pero un día el siete llevó a un nuevo amigo a las tertulias.

—Os presento al dos —dijo el siete.

—Encantado —saludó el nueve.

—Es un placer —aseguró el cinco, sin poder disimular una sonrisa.

Y se entretuvieron contando cosas.

—Nueve amapolas.

—Siete nubes.

—Cinco golondrinas.

—Veintidós hormigas —señaló el dos.

El cinco volvió a quedarse el último.

—Me ha gustado tu ocurrencia —dijo Marta.

—No es una ocurrencia. Es verídico —se quejó Luisa.

—Bueno, da igual. Tengo que confesar que me ha gustado tu historia.

Marta es algo descarada, y la más traviesa. Un día, trajo a clase una rana metida dentro de la mochila. Luego la sacó en medio de la clase. La rana pegó un salto y se colocó encima del borrador. Cuando la *seño* Paula cogió el borrador para limpiar la pizarra se llevó un susto de muerte. Otro día llevó a clase el telé-

fono móvil de su padre. El teléfono sonó, y Marta lo cogió como si tal cosa. Todos pudimos oír la conversación. Bueno, lo que dijo Marta:

—¿Sí? Sí, aquí es. Sí. Claro. Muy amable. Por supuesto. Sí. Gracias. Muchas gracias. ¿Quiere hablar con nuestra señorita? ¿No? Sí. Sí, se lo diré a la señorita Paula. Gracias. Muchas gracias.

—¿Se puede saber quién era? —preguntó la *seño*, más seria que un escritor de novelas de espías.

—Era el director del zoo. Que está toda la clase invitada a visitar el zoo. Que hay un nuevo inquilino. Un okapi.

Sobra decir que se trataba de otra de sus travesuras. Más tarde, Marta nos confesó que quien había llamado era el jefe de su padre. Y que casi despiden a su padre del trabajo por tener una hija tan revoltosa.

Marta es la más revoltosa. Pero, a mi manera de ver, la más feúcha. Un día hicimos un concurso de belleza en clase. Los chicos votamos a la chica más guapa. Las chicas votaron al chico más guapo. Brad Pitt fue elegido el chico más guapo de la clase.

—¿Brad Pitt? —se extrañó Damián—. Si Brad Pitt no viene a clase. Además, es un actor.

—Por eso —contestó Bea, señalándonos con su lápiz—. Es que sois todos muy feos.

Todas las chicas se rieron. Incluso la que resultó ser la más guapa: Noemí.

9
NOEMÍ

Noemí es la chica más guapa de la clase. Parece sacada de un anuncio de televisión: me casaría con ella con los ojos cerrados. Tendríamos cuatro hijos. Dos chicos y dos chicas. Todo lo que hace me maravilla. Cómo camina, cómo mira, cómo se pasa la mano por su melena rubia. ¡Ay! Y cómo escribe. El último trimestre realizamos un concurso de cuentos. Tuvimos toda una semana para escribir un cuento. Noemí lo escribió en una tarde.

La señorita Paula los leyó todos. Votamos el mejor. Ganó Noemí. Su cuento se titulaba «Hace miles de años». Este era el cuento:

Hace millones de años había un matrimonio que vivía en un valle inmenso. El matrimonio no tenía hijos, ni hijas. Pero tenían dos cabras. Gracias a las cabras podían beber leche y comer queso. También tenían un gato que se llamaba Elías, pero el gato lo único que hacía era dar conversación a Georgina y Paulina, que eran los nombres de las cabras.

El marido se llamaba Man. La mujer Woman. Man era un tanto particular. Quiero decir, que a diferencia de otros vecinos que se dedicaban al pastoreo o a la agricultura, él se pasaba el día inventando cosas. Pero todo cuanto inventaba no servía para nada. Su esposa, que era muy buena, en vez de regañar a su marido le animaba con besitos de felicidad.

Había días en que el hombre no inventaba nada. Cuando llegaba el anochecer le resultaba imposible conciliar el sueño y se pasaba las noches en vela, mirando las estrellas.

Man no era un mal inventor; pero, claro, había cosas de las que inventaba que hace millones de años no servían para nada.

Este hombre, por citar varios ejemplos, inventó: la forma de la bombilla, el carrete fotográfico, el capuchón del bolígrafo, los radios de la bicicleta, el sacacorchos o la antena del televisor. Y claro, en aquellos tiempos, hace millones de años, estas cosas no servían para nada.

Muchos eran los días que Man los pasaba inmóvil, sentado sobre una piedra, con los ojos puestos en el infinito.

«Tengo que encontrar un algo que cambie nuestra vida», pensó un día de sol radiante.

Aquella misma noche una idea le vino a la cabeza. Fue como un crujido. Rápido, sin dudar, acudió a decírselo a su mujer, que dormía tapada por una vieja manta de algodón. Ella no necesitó preguntarle a qué obedecía tanta urgencia, tanta prisa. Sospechó que algo iba a transformar sus vidas.

—Cariño, he inventado el hielo —dijo él con una sonrisa.

Ella se encogió de hombros y dijo, un tanto confusa:

—¿El hielo?

Man se rascó la nariz y le dijo que el hielo era agua en estado sólido. Y que por debajo de los cero grados centígrados el agua se transforma en hielo...

Ella sonrió. Sonreía y pensaba que su marido se equivocaba. Él siguió hablando:

—Crearé kilómetros y kilómetros de hielo. Todo blanco. Será un nuevo continente. Y viviremos dentro de una casa abovedada, construida con bloques de hielo, que llamaré iglú.

Y así fue como, gracias a este singular hombre, se creó un nuevo continente blanco y helado.

Ni que decir tiene que el cuchillo con el que cortar el hielo, la caña de pescar, los peces que picaban el anzuelo, el anzuelo, las focas, los pingüinos, los osos polares, los caribús, la canoa y los trineos fueron invenciones suyas. Resultaba curioso ver el trineo tirado por dos cabras, por Georgina y por Paulina. Mientras, un gato miraba divertido.

—Miau.

—A ver cuándo inventas los perros para que tiren del trineo —le decía todas las noches su mujer antes de quedarse dormida.

—¡Ojalá! —contestaban Georgina y Paulina, cansadas del esfuerzo.

—Miau.

Ya he dicho que fue Noemí quien ganó el concurso de cuentos. El premio fue un libro: *Hasta (casi) cien bichos*.

Cuando la *seño* Paula hizo entrega del libro a Noemí, todos aplaudimos. Lo alzó en lo alto como si fuese un trofeo: una copa.

Luego, más tarde, Noemí nos enseñó el libro. Era de animales. Con unos dibujos preciosos. Eso fue lo que más me llamó la atención del libro. Qué dibujos tan bonitos. Fantásticos.

Ese día, al llegar a casa, intenté dibujar un animal. Me quedó bastante bien, pero

por lo que me dijo el artista que tenemos en clase, el león que había dibujado parecía un lobo. Así me lo dijo.

Cuando hicimos el concurso de cuentos, el artista que tenemos en clase no escribió ninguno. Dibujó un cocodrilo. Un cocodrilo que parecía un cocodrilo. Impresionante.

Luego, como no podía ser de otra manera, se lo dejó olvidado en algún lugar del patio. Y es que así es él. Así es Orlando.

10
ORLANDO

Orlando es un despistado de campeo- nato y siempre está en las nubes. «In albis», dice la *seño*. No sé cuántas veces se habrá olvidado los libros en casa. O el abrigo en casa. O el paraguas en clase.

La señorita Paula le ha llamado varias veces la atención. La última vez fue muy curiosa. La *seño* estaba explicándonos la principal diferencia entre los animales vertebrados y los invertebrados. Que si los vertebrados tenían columna vertebral, que si los invertebrados no, que la mayoría de criaturas son invertebrados... Cuando preguntó si alguien tenía alguna duda, Orlando levantó la mano.

—A ver, dime, Orlando —le preguntó la *seño*.

—Señorita Paula, ¿me puede decir todos los colores que existen?

Toda la clase nos echamos a reír, incluso Fabián que es su mejor amigo.

—Orlando, estamos en otra cosa más importante —contestó la *seño*.

—Más importante para usted. Yo estoy preocupadísimo. No sé qué colores utilizar para mi próximo trabajo de dibujo—. Quiero dibujar una nave espacial. Y, claro, no sé qué colores utilizar. Por ejemplo, de qué color pinto los anillos de Saturno.

La señorita Paula se dio la vuelta y se encaminó hacia la pizarra. Cogió una tiza y empezó a escribir:

amarillo

rojo

azul

marrón

violeta

verde

negro

blanco
naranja
gris

Y los escribió así, uno debajo de otro, con minúsculas, con la letra inclinada, cursiva creo que se dice. Cuando terminó de escribir estos colores, se volvió a nosotros y nos dijo:

—¿A alguien se le ocurre algún otro color?

—Rosa —dijo Simoneta.

—Beige —dijo el pecoso de Carmelo.

—¿Beige? —preguntó Álvaro, el elegante.

—Sí, beige. Esta falda que llevo es de color beige —aclaró la señorita Paula—. Lo que ocurre es que es una palabra francesa.

—Como París, ciudad de artistas —apuntó Orlando.

—Como París no, como bidé —señaló Tomás, el brillante.

—Caqui —dijo Jacinto, tieso como un soldado.

—Verde oscuro —apuntó Rodrigo.

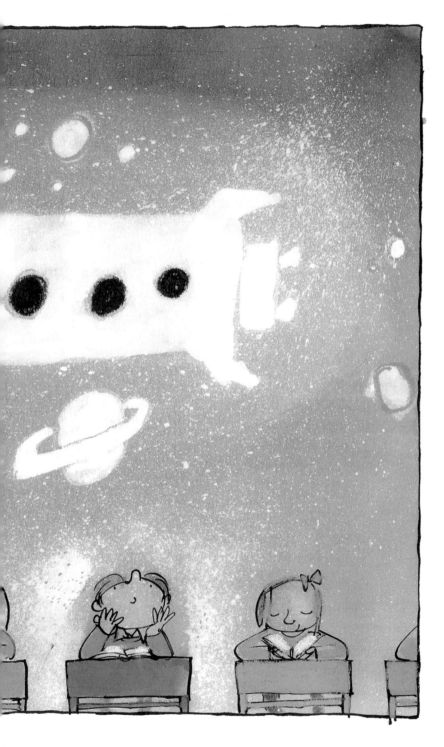

La señorita no lo escribió, y miró a Rodrigo como diciendo: «Rodrigo que no te enteras de nada».

Se hizo un silencio. Nadie decía nada. Todos poníamos cara de pensar mucho, pero a nadie se nos ocurría otro color que los ya escritos en la pizarra. Parecía como si los colores se hubiesen acabado, como si no existiese el arco iris. Por fin la señorita dejó la tiza sobre su mesa y nos dijo:

—Y como parece ser que no hay más colores. Como parece que la duda de Orlando ya está resuelta, seguimos con lo que estábamos: Animales vertebrados e invertebrados. A ver, decidme animales vertebrados:

—El león, el tigre, la pantera, el jaguar, el guepardo, el puma —dijo de un tirón Simoneta.

—El oso, el perro, el gato, el ratón, la ardilla —apuntó Carmelo.

—La cabra, la oveja, el zorro, el lobo —señaló Fabián.

—El yak —salió de la boca de Tomás.

—El lobo oscuro —dijo Rodrigo.

La señorita no lo escribió y lo miró como diciendo: «Que no te enteras de nada, Rodrigo».

11
RODRIGO

Yo sé por qué Rodrigo nunca se entera de nada: pues porque no es de este mundo. Rodrigo es del mundo de los sueños. Lo sé porque vive en mi misma calle, y todas las mañanas hacemos juntos el camino al colegio. En el trayecto siempre me cuenta lo que sueña cada noche.

Yo intento recordar mis sueños, pero me resulta imposible. La señorita Paula nos dijo un día que todos soñamos, pero que no todos recordamos lo soñado. Elisa levantó la mano, y afirmó que una vez soñó que volaba. Que volaba por encima de un río, que podía ver los peces, que era muy agradable. Rodrigo aseguró que él también había volado en sueños, pero sobre un campo de fútbol.

—¿Puedo contar cómo fue? —preguntó Rodrigo. Aún no le había contestado la señorita cuando Rodrigo se levantó de su pupitre y comenzó a detallarnos su sueño.

Era el último partido de la Liga. Jugábamos contra los segundos. El equipo que ganase, quedaba campeón. Yo era el portero, el número uno. Nuestro equipo ganaba por un gol a cero. El gol lo había metido Damián, de cabeza. Faltaban dos minutos escasos para terminar y quedarnos campeones. El árbitro pitó un fuera de banda. El equipo rival (mucho más altos que nosotros) puso el balón en juego. La pelota le llegó a un rubio de pelo liso. Avanzó. Regateó a Jacinto. Pasó el balón por debajo de las piernas de Carmelo. Se plantó delante de mi portería. Alzó la cabeza y me miró a los ojos. Yo también. Tenía los ojos brillantes y su mirada era intrépida. Puso los labios en punta y le pegó un zapatazo al balón. Le aguanté la mirada y me lancé a mi derecha. Volé. Volé de poste a poste. Rocé la pelota con mi dedo, mejor dicho con el dedo de mi guante. Y la pelota, sin hacer caso a los deseos de quien la había chutado, pegó en el poste y... y, mansamente, salió fuera del campo. Quedamos campeones.

—¿Cómo eran de grandes? —preguntó Tomás.

—No lo sé —dudó Rodrigo—. Quizá un palmo más grandes que Jacinto.

Jacinto se puso en pie y extendió su mano por encima de su cabeza: un palmo.

—¡Va! Eso no es ser grande. Grandes son los gigantes que se encuentra Gulliver en su viaje a Brobdinag —dijo Tomás, sin inmutarse.

—¿Dónde está ese país? —preguntó doña Chispa, que su padre está siempre de viaje, de avión en avión.

—Eso está en un libro —contestó Tomás.

Antes de seguir diré que Tomás es el alumno más brillante de la clase. Todo lo sabe. Y es el que más lee. Ah, y cada treinta días se corta el pelo.

—¿Qué libro es ese? —le preguntó Noemí, alisándose su melena rubia

—*Los viajes de Gulliver* —contestó Tomás.

—El perro de mi vecino se llama Gulliver —aseguró Elisa.

—Pues el gato de mi abuela se llama Gulliver —afirmó Wenceslao.

—Qué casualidad, el loro de mi tío Ubaldo se llama Gulliver —añadió Damián.

—¿Gulliver? ¿Gulliver con «v», o Gulliber con «b»? —preguntó Tomás.

—Qué más da —contestó Rodrigo—. Se entiende igual.

—Oh, qué equivocados estáis. No es lo mismo «se calló» que «se cayó». La primera es de callar, y la segunda es de caer. Caer al suelo —dijo Tomás, con ese aire intelectual que le caracteriza.

—Oye, Tomás, tú que pareces saberlo

todo. ¿Tú sabes si lloverá este fin de semana? —le preguntó doña Chispa—. Es que nos vamos al pueblo a ver a mis abuelos y no sé si llevarme las botas de agua o no.

Todos reímos la ocurrencia de doña Chispa. Y habríamos seguido riendo, de no haber sonado el timbre que avisaba de la hora de salida. Guardamos nuestras cosas. El primero en salir, como no podía ser de otra manera, nació el uno de enero: Jacinto, el atleta. La última, como no podía ser de otra manera, nació el 31 de diciembre: Vanesa.

12
VANESA

Vanesa Zapata no es mejicana, es de aquí. Y es la última en salir de clase. Todos los días. También es la última de la clase. Quiero decir alfabéticamente. Porque, según mi parecer, es la más espabilada de la clase. Así que no me sorprendió que supiese el número de cuentos que iba a tener este libro. Lo acertó.

—Doce cuentos —dijo Vanesa.

—¿Doce? Entonces faltan dos.

—Claro. Falta el tuyo y el mío —me aclaró con su voz suave.

—¿Me lo cuentas ahora? —le pregunté.

—Bueno, por qué no —Vanesa consultó su reloj—. Te lo contaré en menos de tres minutos.

—Por mí como si quieres estar quince.

Karina tenía una gata. Se llamaba
Quinta. Quinta era la quinta gata de la
camada. La más simpática. Sus cuatro
hermanos vivían en otras casas, con
otros dueños. Quinta era una gata un
tanto singular: repetía, como si de un pa-
pagayo se tratara, todo lo que hacía su
joven ama. Si Karina dormía, ella dormía. Si Karina señalaba con el dedo un
rosal, la gata alzaba una de sus patas e
indicaba la misma rosa que se abría al
sol. Pero si Karina se lavaba los dientes,
la gata salía huyendo. Si Karina salía tras
Quinta intentando conseguir que se lava-
ra los dientes, la gata se escondía en el
fondo del huerto, detrás de una gran col
blanca de hojas verdes. La muchacha sabía de sobra que su gata estaba escondi-
da en el huerto, pero Karina se hacía la
despistada. Decía en voz alta para que su
gata lo oyese:

—¿Dónde estará esta gata? ¿Dónde
estará? No la encontraré en la vida.

Ahora que le iba a proponer un trato va ella y se escapa. Le iba a prometer que si se lavaba los dientes, yo le prestaría mi patinete. Pero claro, se tendría que cepillar los dientes. Bueno, qué le vamos a hacer.

Entonces la gata, sonriendo, salía de su escondite, que no era otro que la gran col blanca de hojas verdes. Y, antes de que Karina regresase al cuarto de baño, Quinta ya estaba subida encima de una banqueta, cepillándose sus hermosos dientes.

—¡Ah, me has escuchado! —decía Karina, al ver a su gata cepillándose los dientes—. Ahora no me queda más remedio que dejarte mi patinete.

Quinta asentía con la cabeza. Sus ojillos chispeaban felices.

—Enséñame los dientes —le pedía Karina.

La gata abría su boca y mostraba sus dientes.

—Vale, de acuerdo, están limpios. Puedes pasear en mi patinete.

—No, se me han pasado las ganas de montar en patinete. Mejor cuéntame un cuento.

Vanesa tosió levemente. Me mostró su reloj, como diciéndome que había cumplido su promesa: menos de tres minutos.

—¿Te ha gustado?

—Bueno, el final me ha dejado un poco... no sé cómo decirte.

—Claro, es que el final tiene truco. Este cuento me lo contaba mi tía Asunción cuando me quedaba a dormir en su casa. Y cuando la gata Quinta le pedía a Karina que le contase un cuento, yo tenía que poner voz de gato y repetir las palabras del misino. Así, mi tía Asunción me contaba otro cuento.

—Hasta que te dormías, ¿a que sí?

—Tú lo has dicho —reconoció Vanesa—. Y ahora ha llegado el momento de que me cuentes tu cuento.

—¡Oh, no!, yo no sé contar cuentos. Solo sé escucharlos —me disculpé.

—No, no. Tienes que contar el cuento: falta uno para que estén todos. No te queda otro remedio.

—¡Uf!, esto es un aprieto. Te contaré un cuento que leí en las vacaciones pasadas. Era un libro de una escritora guatemalteca, de Xenia..., de Xenia..., vaya no recuerdo el apellido.

—Con que recuerdes el cuento es suficiente. ¿Cómo se titulaba? —me preguntó Vanesa.

—*Tres gallinas y un perro de agua.*

—¿*Tres gallinas y un perro de agua?* ¿No será *Tres perros de agua y una gallina?*

—No, Vanesa, no. El título lo recuerdo perfectamente: *Tres gallinas y un perro de agua.* Escucha:

Aquella mujer no tenía marido, no tenía hijos, pero tenía tres gallinas y un perro de agua. Aquella mujer vivía en la última casa del pueblo. Los más ancianos decían que era una bruja, los padres decían que sí, que su aspecto era miste-

rioso, los más pequeños decían: qué miedo.

Yo no sé si era una bruja, solo sé que era silenciosa, y que tenía ojos de bruja. Yo solo sé que en una de las dos habitaciones de su casa tenía antiguos manuales de botánica, botellones con sapos, alargados tubos humeantes. En la otra habitación solo había un pequeño catre con una esterilla a sus pies. Tal vez sus ojos brillaban en la noche. Tal vez su risa hacía temblar a las arañas, pero nadie podía afirmar que aquella mujer de pelo largo y negro fuese una bruja.

Un día la mujer entró en la única tienda que había en el pueblo. Una tienda en la que había de todo. El dependiente, algo tembloroso, le preguntó:

—Buenos días, ¿qué desea?

—Solo quería una escoba —contestó la señora con voz ronca.

Un ratón salió a ver qué pasaba.

Y como aquella mujer no tenía ni una moneda con que pagar, recompensó al dependiente con las tres gallinas y con el perro de agua. El vendedor no se quejo, se dio por satisfecho.

Aquella mujer no tenía marido, no tenía hijos, no tenía tres gallinas, no tenía un perro de agua, pero tenía una escoba.

—Quédese con la casa también —creyó escuchar el dependiente cuando la mujer salía por la puerta, antes de que sonasen los cascabelitos que anunciaban que la puerta se abría, o se cerraba.

Don Zacarías, un modesto labrador que se levantaba antes que el sol, dijo haber visto una figura voladora que salía de la última casa del pueblo, que se parecía a las brujas que van montadas en una escoba, pero que a diferencia de las brujas de los cuentos, aquella figura no llevaba sombrero.

Nadie lo creyó, pero la verdad es que ninguna persona en el pueblo vio más a aquella mujer. Ni siquiera paseando por la ribera del río, con la cabeza tiesa, vestida con una túnica negra. Con sus tres gallinas, con su perro de agua.

Índice

Escribieron y dibujaron...

Daniel
Nesquens

—*El humor de Daniel Nesquens es una de sus principales señas de identidad. ¿Qué le gustaría contar de su biografía a los lectores de este libro?*

—Creo que mi biografía cabe en el reverso de una tapa de yogur, pero diré que me nacieron en Zaragoza; que tuve una infancia de juegos de calle, de estar poco en casa. Así pasó que un día mis padres no me conocieron y no me dejaron entrar en casa. Ese día dormí en la calle. Poco a poco fui creciendo. Un día me afeité. Otro me eché novia..., pero sin fumar.

—*¿Cómo surgió la idea de escribir para niños?*

—Pensé que tal vez el humor que empleaba en mis relatos para adultos podría ser adaptado a un mundo infantil. El mundo infantil te otorga una libertad infinita para la creación.

—*¿Cómo suele escoger los motivos de sus cuentos?*

—De la vida, de lo que veo, de lo que escucho, de lo que leo. También de la imaginación, fuente inagotable de argumentos para narrar historias.

—*¿De qué recursos se sirve para lograr ese surrealismo tan humorístico y sorpresivo en sus relatos?*

—De no ponerle puertas al campo. Y de dar siempre un paso más. Un niño tiene derecho a imaginar que es factible que llueva a mares y que un barco pesquero entre en una plaza de toros, que su vecino sea un agente secreto, que en su jardín esté enterrado un tesoro pirata, que los conejos se pesquen...

Emilio Urberuaga

—*Nace en Madrid. Des-*
de hace varios años se
dedica exclusivamente a
la ilustración aunque su
afición se remonta mu-
cho tiempo atrás. ¿Cómo
surgió la oportunidad de dedicarse a aquello que siem-
pre le había gustado?

—A los 14 años comencé a trabajar de «chico» en una empresa donde se vendían cuadros al por mayor, y más tarde trabajé en un banco. Gracias a mi mujer, en 1978 pude despedirme del banco y, como en las mejores biografías de Hollywood, me puse a trabajar como repartidor, vendedor y alguna cosa más, hasta que, por fin, surgió la oportunidad de trabajar como estampador y más tarde como grabador.

—*¿Y cuándo comienza a ilustrar libros infantiles?*

—Mi primer libro infantil lo ilustré cuando trabajaba como grabador. Fue cosa de una editora y un amigo generoso. Desde entonces he ilustrado más libros, algunos de los cuales se han publicado en Suiza, Alemania, Austria, Italia, Finlandia, Japón, Estados Unidos...

—*¿Su trabajo como ilustrador se centra exclusivamente en la literatura infantil?*

—No. También he colaborado en prensa y he ilustrado varios libros de texto, aunque lo que más me gusta es ilustrar literatura para niños. Bueno, también me gusta el jazz, el cine de los años 40 y 50 y perder el tiempo solo, o mejor aún, con mis amigos.